KB159233

그리움의 기억법

박이정 시선 09

그리움의 기억법

초판 1쇄 발행 2022년 12월 20일
초판 2쇄 발행 2023년 2월 28일

지은이   김영순
펴낸이   박찬익

펴낸곳   ㈜ **박이정**
주소   경기도 하남시 조정대로45 미사센텀비즈 8층 F827호
전화   02-922-1192~3
팩스   02-925-1334
홈페이지 www.pjbook.com
이메일   pijbook@naver.com
등록   2014년 8월 22일 제2020-000029호

ISBN   979-11-5848-845-1 03810

* 책값은 뒤표지에 있습니다.

박이정시선 0**9**

그리움의 기억법

김영순 시집

(주)**박이정**

시인은 사회과학자입니다.

그러기에 세상이 만드는 현상들에 대해 '관점'과 '방법'을 통해 분석하고 해석하는 데 능합니다.

그래서 나의 시어들은 순수하지 않습니다.

이 시집이 나오기 전에 미리 몇몇 시편을 읽었던 지인들은 내 시가 서정을 담고 있는 순수시라고 평합니다. 그러나 그들은 내 시에 스며 있는 방법을 읽지 못했습니다.

시인이 그려내는 그리움의 기억법을 간파하지 못했습니다.

언뜻 내 시에는 가족, 연인, 지난 과거에 대한 그리움이 형상화된 것처럼 보입니다.

그런데 내 그리움의 대상은 구체적인 인물이나 시간과 공간에 관한 기억이 아닙니다. 우리 사회에서 소외받고 있는 소수자, 내가 행하는 학문, 늘 이상으로만 존재하는 민주주의에 대한 그리움입니다.

시집 〈그리움의 기억법〉을 통해 독자들은 시인이 감추어둔 진정한 그대의 존재가 무엇인지 탐색하는 기회를 가질 것입니다.

그대는 봄이 오면 꽃으로, 여름이 오면 비와 바람으로, 가을이 오면 단풍과 노을로, 겨울이 오면 흰 눈으로 옵니다. 그리움이 자연을 매개로, 때로는 인간을 매개로 불현듯 다가옵니다.

그리움은 사계절 언제든지 우리와 함께 존재합니다. 그렇지만 그리움의 향기와 빛깔이 무언지 잘 모릅니다.

우리 이 시집을 통해 그리움의 기억법을 함께 모색해볼까요.

차례

2. 봄_그리움이 피어나는 소리

3. 여름_그리움이 타오르는 시간

4. 가을_그리움이 번지는 빛깔

5. 겨울 – 그리움이 멈추는 공간

1. 그대-그리움으로 부르는 이름

그리움이 돌아올까요

돌아오지 않는
모든 것은 그리움입니다.

잡을 수 없는
모든 것은 그리움입니다.

만날 수 없는
모든 것은 그리움입니다.

죽도록 그리워하면
정녕 돌아오고
잡을 수 있고
만날 수 있을까요.

그리움에 관한 물음을
허공으로 던져 봅니다.

오늘도 나는
그대를 무척 그리워합니다.

그대와 그때

그리운 건
그대인지 그때인지
잘 모르겠습니다.

그래서 탁 트인 하늘에
그대 이름을 쓰고
그때를 기억해 봅니다.

밝고 맑은 그대를
보지 못한 가을이
또 이렇게
지나가나 봅니다.

그대 생각 01

난 그대 생각을 합니다.
섬섬옥수로 정성껏
샌드위치를 만들고
미소 짓는 그대 웃음을

난 또 그대 생각을 합니다.
늦은 밤 자판을 토닥거리며
시 짓는 모습을

난 늘 그대 생각을 합니다.
호수보다 깊고 푸른 눈빛과
뜨거운 입김을 말입니다.

그런데
그대는 늘 딴생각을 합니다.

그래서
난 그대도 내 생각을
해주기를 바라는 마음으로
시를 적습니다.

그대의 시에도
내 생각이
베어져 있으면 좋겠습니다.

그대 생각 02

낙엽 진 나뭇가지 사이로
부는 바람이 피부를
차갑게 때립니다.

이럴 때면
그대와 함께 마시던
커피 향을 떠올립니다.

이제
따듯한 커피를 마실 때마다
꽃 같은 그대가 생각납니다.

그래서 그대를
마음에서 지울 수 없습니다.

꽃이 핀다고
그대를 잊은 적이 없습니다.

꽃이 진다고
그대를 잊은 적이 없습니다.

바람이 불어 찬바람이 불어
웅크려진 내 마음에
낙엽이 쌓인다 해도
내가 어찌 그대를 잊겠습니까.

그대 생각 03

봄이면 각양각색의 꽃이
다투어 꽃밭을 수놓습니다.

나는
그대가 좋아했던
라일락 꽃에 눈이 갑니다.

보랏빛 블라우스에서
풍기던 그대의 향이 짙어
그랬었나 봅니다.

이제 그대는
여기에 존재하지 않는
하늘의 사람
내 마음에만 존재하는 사람

기억에만 있고
현실에 존재하지 않는 사람

나 홀로 라일락을 보며
그대를 생각합니다.
그대를 맡아 봅니다.

라일락이 피는 사월이면
나는 더욱
그대를 생각합니다.

그대를 만나러 가는 날

그대를 만나러 가는 날
그 전날부터 잠을 설칠 만큼
설렘이 아주 많았습니다.

그대를 만나러 가는 날
당일 아침부터
어떤 옷을 입어야 할까
어떻게 하면
멋지게 보일까
고민하는 시간이 있었습니다.

그대를 만나러 가는 길
그 길에 있는 모든 것들이
아름답게 보였습니다.

나는 그렇게 또
그대를 만나러 가고 싶습니다.

그러나 그대는 서쪽 하늘
노을을 따라
하늘의 사람이 되었습니다.

이제 그대를 만나기 위해
약속을 정할 수도 없고
설렐 수도 없게 되어

이제 내 마음은
그리움의 꽃만 만발합니다.

그대와 함께

언젠가 영화 〈알라딘〉을
그대와 함께 본 적이 있습니다.

나는 알라딘의 램프에서
나온 거인처럼
그대를 위해 모든 것을
해주고 싶었습니다.

나는 알라딘이 타고 다니는
양탄자처럼
그대의 탈 것이 되어
하늘을 날고 싶었습니다.

반짝이며 빛나는 신기한 세상을
그 놀라운 세상을 함께
만드는 상상을 하며
즐거워 한 적이 있습니다.

그대를 만나던 시간
그대와 함께했던 동안만큼
나는 늘 상상의 세계에 있었습니다.
동화를 꿈꾸는 소년이었습니다.

다음 세상에
우리가 다시 만난다면
그대의 손을 꼬옥 잡고
알라딘의 양탄자를 타고
세상 곳곳을 구경하고 싶습니다.

알라딘의 거인이 되어
그대의 말만 듣고 싶습니다.
그대의 소원을
이루게 해주고 싶습니다.

그대의 눈 속에

그대는
늘 하늘을 보고 있었어요.
나는 그런 그대가
멍 때리는 줄로만 알았지요.

그런데 그게 아니었습니다.

그대는 하늘만 보는 것이
아니었습니다.

구름도 보고
바람의 깊이와 느낌도
살포시 보고 있었지요.

이제 그대의 하늘에
나의 존재도 띄워 봅니다.

그대가 하늘을 바라볼 때
나도 그대의 눈 속에
담겨 있겠지요.

그대의 향기

그대에게는
늘 좋은 향이 납니다.

나는 무슨 샴푸를 써요
무슨 향수를 뿌려요
물은 적이 있습니다.

그대는 빙그레 웃으며
아무것도 안 쓰는데
누군가 사랑하면 이렇게
좋은 향이 나는 거예요
답했습니다.

나는 누군가가
누구인지 묻지 않았습니다.
그대도 나도
잘 알고 있으니까요.

다만 나는 빙그레 웃는
그대 모습을
떠올립니다.

그대가
다시 내 앞에 나타나
꽃처럼 웃어 주었으면 합니다.

나는
그대의 웃음이 무척 그립습니다.

그리움만 머물고

그대에게 나는
바람이었던 건가요.

나는 이렇게 봄이 되면
피어나는 꽃들처럼
그대를 향한 그리움이
오롯이 꽃 피는데

그리움으로 부르트는
가슴으로 시를 적는데

기다림으로 인해
불면의 봄밤을 보내는데

그대에게 나는
아무것도 아니었던 건가요.
그냥 스쳐 지나가는

바람이었던 건가요.

나는 그대에게
꽃이 되고 싶었는데
그대를 향해서만
빛이 되고 싶었는데

아 이렇게 이번 봄도
그냥
지나가나 봅니다.
그리움만 내 마음에 머물고

그리움은 별빛처럼

그대와 나 사이에
심연의 슬픈 거리가
아스라이 존재합니다.

그리움이란 이름의 거리
그 거리는 마음으로만
건널 수 있는 신비의
은하수랍니다.

까만 밤에 별들이
더욱 빛나듯이
힘들고 지친 우리네 인생에
그리움의 거리는
별빛처럼 빛날 것입니다.

나는
그리움의 거리에서

잡을 수 없는 은하수 저편
그곳에서 밝고 맑은
웃음을 짓고 있는
그대를 떠올려 봅니다.

나는 오늘도
그렇게 그렇게
그대를 별빛처럼 그리워합니다.

기억의 무게

그대와 나에게
똑같은 사건이었지만
그 기억의 무게는
무척 다를 수 있습니다.

내 생애
한 번도 느껴 보지 못한
진정한 달콤함
그 느낌이 나를 두렵게
했습니다.

그러나 나는 그 기억이
나쁘지 않습니다.

그 기억으로 설레고
그리워하는 시간을
보내니까요.

누구나 같은 기억이
있더라도
그 무게는 다를 수 있다는 것

그것을 알아가는 우리 사이
애매하지 않은 사이
그런 사이가 되었음합니다.

책과 같은 그대

나는
책을 좋아합니다.
그래서 책 읽기도
아주 좋아합니다.

책에서 배어 나오는 향과
글자의 올망졸망한 모습에
정이 들어 좋습니다.

나는
오늘 그대란 책을 만났습니다.
그대는 어떤 향이 날까?
어떤 마음의 모양새를 지녔을까?
무척 궁금합니다.

나는
그대란 책을 늘 만나고

또 읽고 싶습니다.

오늘도 내일도 그리고

앞으로도 오래도록

그립고 또 그립습니다

어머니 어머니 내 어머니
당신의 꽃밭에 국화 꽃이 피고
너른 들에 백곡이 익을 가을
그때를 함께 하지 못하고

어젯 밤 찾아 온 태풍과 함께
잠시 지나가는 그 바람에
영혼을 맡기시고
끝내 아버님 계신 하늘로
돌아가셨습니다.

모든 인생이 힘들고 거친 들을
묵묵히 걷는 순례의 길이라지만
어머니 우리 어머니는
칠남매를 키우시느라
남들보다 몇 배 힘든 짐을 지시고
여기까지 오셨습니다.

살아생전 남부러운 효도 한번
제대로 해드리지 못하고
가시는 길에 무명 수의에
꽃신 신겨 드렸습니다.
그래서 미안하고 미안합니다.

어머니 우리 어머니
가시는 그 길
꽃길만 즈려 밟고 가세요.
평소 꽃을 좋아하셔서
집 주변에 꽃을 심어
아름답게 하셨듯이

남겨진 우리 자식들도
꽃을 심고 꽃길을 만들어
내 가정과 사회를
아름답게 하겠습니다.

어머니 우리 어머니
우리에게 와 주셔서

어머니가 되어 주셔서 고맙고
또 고맙습니다.
자랑스럽게 키워 주셔서
감사하고 감사합니다.

어머니 우리 어머니
힘든 삶의 소풍을 마치시고
이제는 편안한 하늘나라
아픔도 슬픔도 없는 그곳에서
영롱한 별이 되어
저희의 삶이 힘들때
어머니별을 헤아릴 수 있게 하소서

이제 어머니 안녕히 가세요.

지금 이 순간도
밝게 웃는 모습으로 대문 밖에서
저희를 반겨 주실 듯 해서
더욱 그립습니다.

어머니 그립고 또 그립습니다.

부디 하늘나라로의 여행
안녕히 가소서

2. 봄_그리움이 피어나는 소리

봄꽃처럼 그대도

올해도 지난해도
봄이 오는 들판에는
어김없이
화사한 꽃들이 피어났습니다.

몸을 움츠리게 했던
시련과 인고의 겨울이 지나
피어나는 생명이기에
봄꽃은
더욱 빛나고 존귀합니다.

떠나간 사람도 저렇게
봄꽃처럼
다시 돌아왔으면
좋겠단 생각을 해 본 적이
있습니다.

이제 곧 겨울이 지나갑니다.
그래서
그대가 봄꽃처럼
다시 돌아오길 희망합니다.

그대를 위한 꽃밭

보고 싶은 그대를 위해
내 집 앞에 예쁜 꽃밭을
만들어 두었습니다.

어느 날 문득 그대가
내 집 앞을 지날 때
그 꽃밭 속에 숨어 있는
내 마음을 찾아보세요.

그대가 좋아하는
꽃만 찾지 말고
내 마음을 담은 꽃
그대를 닮은 꽃을 찾아보세요.

그대가 그 꽃을 찾는다면
그 꽃에 그대의 이름을
붙이겠습니다.

봄이 오면
나는 그대를 위해 늘
꽃밭을 가꾸겠습니다.

그대만 바라보는 별

낮이 너무 밝아
밤에만 보기로 했습니다.
수줍은 꽃 같은 그대를

긴 하루가 지나고
해가 기울자 마자
노을이 꽃피기도 무섭게
나는 별이 되어
그대를 바라봅니다.

꽃이 되기 위해
준비한 그대의 마음을
향기로 느끼기 위해
나는 세상이
잠에 드는 밤이 되어서야
별빛으로 그대를 찾습니다.

꽃이 아무리 곱다 한들
그대의 고운 향기만 할까요.

나는 오늘도 그대를 지키는
그대만 바라보는 별

바로 그대였으면

봄꽃 만발한 교정에
하늘거리는 머리카락
꽃무늬 원피스
또각거리는 구두 소리
그녀가
바로 그대였으면 합니다.

창 넓은 창문으로
햇빛이 들어오고
이름 모를 야생화 꽃들로
가득 찬 카페 하연재

그곳에서 독서에
열중하고 있는
그 사람이
바로 그대였으면 합니다.

그대가 있었던 모든 곳에
그대의 모습을
다시 볼 수 없지만
그곳에 함께 있었단 기억만으로
나는 행복하답니다.

그리움이 행복을 만들어 주는
기억의 주인공이
바로 그대였으면 합니다.

봄꽃이 필 때

봄꽃이 필 때
그대와 나는
그 꽃을 함께 보았습니다.
이렇게 우리는 둘이었습니다.

꽃이 질 때 이제 나는
덩그러니 혼자입니다.

그대는 봄이 올 때면
꽃이 필 때면
마음의 욱신거림으로
통증이 된다고 했습니다.

혼자 있을 그대여
이제는 꽃이 핀다고
아파하지 맙시다.

모든 인생은
꽃처럼 피고 지기를
계속하니까요.

사람도 찬란하게 사라지는
노을처럼
그렇게 아름답게
사라질 수 있지 않을까요.

그대 안에 있을
아픔이 찬란한 아름다움이 되길
간절하게 희망합니다.

봄이 오고
꽃이 필 때면 아파하던
그대를 잊을 수 없습니다.

봄꽃처럼 01

꽃들이 흔들리며
손짓하는 모습에서

비로소 그대가
봄바람으로 왔음을
알았습니다.

일찍이 꽃들이
언제인가 흔들리고
시들 줄 알고 피었을까요.

그대와 나 우리
모두의 인생이
봄꽃처럼

그 꽃을 흔드는 바람처럼
머물다 사라지는 존재

꽃이 바람에 어울려
흔들리고 떨어질지라도

이번 봄에는
그대랑 나랑
바람과 꽃이 되어
어울려 봅시다.

햇빛과 물길이 만나
빛나는 윤슬처럼 말입니다.

봄꽃처럼 02

봄꽃이 피어
들로 맘짓하는 느낌에서

비로소 그대가
바람으로
설렘으로 왔음을
알았습니다.

일찍이 우리 모두
언제인가 사라질 줄 알고
태어났을까요.

그대와 나 우리
모두의 인생이
봄꽃처럼
그 꽃을 흔드는 바람처럼
머물다 사라지는 존재

그대랑 나랑 어울려
흔들리고
떨어질지라도
이번 삶에는
설렘과 사랑이 되어 봅시다.

봄꽃처럼 피어나는 그런

목련이 다시 필 때

하얀 목련 꽃을
유독 좋아했던 그대여

그래서 4월이면
목련을 보러 나왔던
그대를 자주 볼 수 있었던
그때가 행복했습니다.

한때는
목련이 그대인 줄
그대가 목련인 줄
분간할 수 없는 봄

그 봄에 나는 설렘이
하나 가득했습니다.

이제 그대는

나의 세상에 없어
볼 수도 만날 수 없지만

하얀 목련은
내 마음 아랑곳없이
그 자리에 활짝 피었습니다.

겨울이 끝나는 내년에도
그 다음 해에도
목련은 꽃을 피울 테고

나는 그대를 볼
봄날을 기다려 봅니다.

미풍으로 부는 그대

나는 발은 땅을 딛고
움직일 수 없는 뿌리를 가진 나무

그대는
내게 미풍으로 다가옵니다.
나는 겨우 나의 이파리를 흔들며
그대를 반갑게 맞이할 뿐입니다.

그대가
내 주변에 머물 수 있도록
나는 그늘을 만들어 놓았습니다.
미풍이 오래 쉬어갈 수 있도록 말입니다.

그대와의 대화가 익어 열매가 되고
이파리에 형형색색 물들어 갈 때까지
나는 미풍을 잡아두고 싶습니다.

그대는
바람입니다.

미풍입니다.
나는 나무입니다.

그대의 바람에 흔들리지만
그대가 다시 미풍으로 올 때까지
그 자리에서 기다립니다.

나는 나무입니다.
그대는 미풍입니다.

나무로 부는 미풍을
마구 기다리는 밤입니다.

감정의 소리

새벽에는 왜
벽시계의 초침 소리가
크게 들리는지 모르겠습니다.

그대를 만날 때면
늘 쿵쾅되던
심장소리와 같이

나만 들을 수 있었던
그 소리가

왜 늘 새벽이면
크게 들리는지 말입니다.

새벽에 들리는
초침의 소리처럼
그대를 향한 내 감정의

수많은 소리를 듣습니다.

이렇게 새벽이면
여전히 뜬 눈으로 말입니다.

그대에 대한
내 감정의 소리들은
왜 대낮에는 들리지 않을까요.

그대에게만 내 감정은
늘 직선입니다.
비록 빨간 불일지라도

그리움의 끝 01

그대여
그리움의 끝은 어디인지요.

내 심장의 고동과
내 눈의 빛이 사라질 때
그때까지 그대를 향한
내 그리움은
여전할 것입니다.

그대를 알고 나서
우리가 영적인 존재임을
알았습니다.
만물을 창조한 신이
있음을 알았습니다.

유튜브에서
음악을 듣는 법도

밤하늘 별을 헤아리는 법도
알게 되었습니다,

그대는
그렇게 내게 다른 세계를
알려주었습니다.

내가 알던 세계
내가 존재하는 세계만
있는 줄 알았는데

그대가 알려 준 하늘의 세계
우리의 생명이 다하고
다시 시작되는 영생의 삶
그 다음의 세계가 있음을
알게 되었습니다.

내게 그대는 다른 세계의
통로입니다.
그리움의 통로입니다.

그리움의 끝 02

그대여
그리움의 끝은 어디인지요.

그대여
우리 다음 세상에서는
좀 더 편안하게 소통하고
아프지 않게 만납시다.

아픔이 없는
그 세상에서
그대가 알려 준
그 세상에서

내 생이 끝나는 그 날
그곳에서 만나도록 합시다.

그대가 가르쳐 준

늘 평화와 안식이 있는 그 하늘
당신의 주님이 있는 그곳

그곳에서 만나도록 합시다.

그때야
내 그리움이 끝나는
찬란한 날이 되겠지요.

그대는 먼저 간 그곳에서
나는 땅에 발을 디딘
이곳에서

만나는 그 날을
가만히 가만히 기다려 봅니다.

오늘도
그대가 무척 그립습니다.

공감의 의미

그대의 깊은 눈으로
바다를 담고
바다 소리를 듣겠습니다.

가까이 없어도
그대 눈에 들어 온
모든 것들을
보고 느끼고 만질 수 있으니까요.

그대가 눈 떠 있는 순간
나의 신경은 살아 있습니다.

바람이 바다를 스치듯
그렇게 그대는
날마다 나를 스칩니다.

바다를 바람을 보고 느끼는

그대의 총총한 눈을
무척이나 보고 싶은
아침입니다.

3. 여름_그리움이 타오르는 시간

그대는 멀리 있어도

그대는 멀리 있어도
내 마음속 깊이
그대를 지니고 있어
그리움이 덜할 줄 알았습니다.

나무들이 푸르름을 더하고
대지가 더위를 머금는
여름에 들어섰지만

내 마음의 그대는
놀이터에 뛰노는
어린아이의 얼굴에
송송하게 맺힌 땀방울처럼
내 속옷을 적시고
피부에 스며들었습니다.

그대의 향기가
내 몸을 적셨습니다.
그렇게 푸르게 푸르게

그대를 향한 사랑

언젠가 그대를 향한
내 사랑이 늘 초록이고
싶었던 적이 있었습니다.

봄을 지난 연두가
여름을 만나
불타는 열정을 초록으로
나뭇잎에 새겨 두었듯이

허나 이제는
그대를 향한 내 사랑을
잘 여문 갈색빛으로
모든 나무와 풀 위에
남겨두고 싶습니다.

인생에도 사계가 있듯이
우리의 사랑에도

계절이 있는 것 같습니다.

한때 내 사랑 모두를
그대에게 쓰고
싶었던 적이 있듯이

그대를 향한 내 사랑을
겨울이 오고
다시 봄이 올 때까지
생이 다할 때까지
시어의 소리로 빛으로
가두어 두고 싶습니다.

그렇게 나는 그대를
사랑합니다.

뜨거울 때

그대여
뜨거울 때 사랑해요.
우리가
언제 또 뜨거워질까요.

오늘이 뜨겁다고 느낄 때
그때가
우리가 사랑할 때입니다.

비 오는 여름날 오후
뜨거움으로 채워진
심장의 고동 소리를 느끼고
싶지 않나요.

바로
오늘이 뜨거울 때입니다.

비와 그대 생각

비가 오면
더욱 그대가 그리워

빗속에 우산을 쓰고
함께 걸었던
그대가 그리워

나도 빗속에 우산을
쓰고 걸어 봅니다.
그대가 내 옆에 없더라도
그대를 느끼고 싶어요.

토닥 토닥
우산에 떨어지며 내는 빗소리
마치 그대의 심장 소리 같습니다.

내 심장 소리와

하모니 이루어

우산 속 가득히

그리움이 꽉 차 있습니다.

비의 연가

비가 내립니다.
늦은 가을 작은 숲속에
비가 내립니다.

나는 비 오는 숲속을
걷고 있습니다.
파란 우산을 쓰고

내리는 빗소리는
제법 오케스트라답습니다.

우산 위에는 투둑 투둑
떨어진 낙엽 위에는 툭툭 툭톡

아직 남아 있는
단풍이 곱게 든 나뭇 잎에도
빗소리는 토옥 토옥

빗소리가 이렇게 다양한지
미처 몰랐습니다.

그리고 내 마음속에도
비가 내립니다. 주르룩
그리움의 비가 내립니다.

이 또한 미처 몰랐습니다.
그리움의 비가 내릴지

내 마음속 빗소리가
어떤 소리를 낼지도 몰랐습니다.

새벽 빗소리

한밤중 별들로
가득했던 하늘에서
굵은 비가 내립니다.

그 별들이 어둔 호수에 잠겨
넘치는 물들 사이에
별빛들을 쏟아내고 있습니다.

살포시 깬 잠에
내 마음속 떠오른 그대 생각

그대가
나를 스쳐 지나갈 때면
나의 세포들이 그대를 향했던
그 시간과 기억들이
내 마음에 젖어 듭니다.

그칠 줄 모르고
하염없이 내리는 새벽 비
아침에나 그치려나

샘물처럼 솟아 나는
내 마음속 그대 생각
이 새벽 비 그치면
함께 그치려나 봅니다.

수리산에서

오늘도 수리산의
하늘이 높디높습니다.
지난해 그대와 함께 걸었던 임도 길

그 길엔 단풍을 담아내기 위해
햇살이 나뭇잎을 간지럽히고
숲 사이에는 바람이 머뭅니다.

지금 나는
걷던 길을 잠시 멈추고
가을 하늘로
시선을 들어 그리움을 봅니다.

그대와 함께 누워 솔향을 맡았던
그 숲에 여전히 바람은 머물고
솔가지 위에 햇살이 쉬고 있지만

이 숲속에
나 혼자 덩그러니 누워
더운 여름 하늘을
오래도록 쳐다봅니다.

시선이 하늘에 고정되어서인지
어느새 눈물이 고입니다.
그리움이 샘물이 되어 흐릅니다.
그리움이 숲에 머뭅니다.

이제 다시 나는
숲속으로 난 길을 따라
다시 걷습니다.
그렇게 홀로

숲길 풍경

우리 집 뒤에는
아담한 오봉산이 있습니다.

두어 시간쯤 걸을만한
숲과 그 숲으로 여러 갈래 난
숲 길이 있습니다

이 숲을 걷노라면
이름 모를
새들의 지저귐
바람이 지나가는 소리
나뭇잎이 햇살에 익어
단풍의 색을 머금은 모습
이런 다양한 조화들을 보고
듣고 있노라면

마치 마술의 세계에
들어와 있는 것 같습니다.

지난해에는 이 숲길을
함께 걷던 기억
마술의 세계에 있던
그 기억이 살포시 떠오릅니다.

그대의 숨소리
그대의 향기가
바람을 통해 전해 오던 그 시간들은
기억의 화석으로만 남았습니다

오늘도 이 숲길을 그대와 함께 걷고 있습니다.
하늘과 맞닿은 숲길의 끝
그 끝에 왠지 하얗게 웃을
그대의 밝은 모습을 기다려 봅니다.

나는 오늘 그대에게로 난 그 숲길
그 길을 따라 걷습니다.

소녀와 만남

그대는 내 안에서
늘 만나는 작고 이쁜 소녀

그 단풍잎 같은 손으로
내 얼굴을 쓰다듬을 때
나는 비로소 그대와
하나임을 느껴 봅니다.

까만 밤이면 별이 더욱 빛나듯
당신의 마음에 내 별이
한여름 청포도 알처럼
알알이 맺혀지길
기도한 적이 있습니다.

그대가
이 세상에 없기에
그대와의 시간들이

한낱 추억일지라도

나는
늘 작고 이쁜 소녀를
마음속에 넣고 살겠습니다.

연두에 대한 생각

봄이 끝나가고 여름의 문턱
나는 그대를 연두로 기억하고 싶습니다.

온 산과 들에 꽃이 지고
신록의 여름이 오기 전에
그렇게 잠깐 바람처럼 스쳐 가듯
연두는 그대에 대한 나의 기억이랍니다.

내게 있어 연두는
눈에 들어오는 빛깔이 아닙니다.

짧게 지나치는 봄 시간의 그림자
잡아 볼 틈도 없이
그렇게 지나갈 테니까요.

그래서 연두의 시간이 아름답습니다.
정말 마음 짠하도록 아름답습니다.

그대를 향한 나의 그리움은
저 연두 속에 빛나고
곧 짙은 신록으로 변하더라도

매해 봄 연두에서 초록으로
변하는 연두의 시절
그대와의 시간은
슬픈 아름다움이었습니다.

내 목소리를 들을 수 없고
내 모습을 볼 수 없는
그대의 나라에서
오늘도
편안한 시간 갖길 소망합니다.

그대를 연두로 기억하는
내가 드립니다.

우리 사이

우리 사이에
늘 커다란 강이 존재합니다.
그리움으로만
건널 수 있는 그 강이

우리 사이에
늘 드높은 산이 놓여 있습니다.
바람으로만
넘을 수 있는 그 산이

우리 사이에
놓여 있는 강과 산

강은 도도히 흐르고
산은 그 자리에
멈추어 있습니다.

내 그리움은 그대에게
<u>흐르고</u>
내 바람은 그대에게
멈춥니다.

그대 늘 그 자리에
있어 주세요.

내가 그대에게 흐르고
그대에게 멈추겠습니다.

하루의 끝에

하루의 끝
일상이 장엄하게 마무리질 때

나는 그대와
영종도 바다 끝에서
주홍빛으로 물드는 노을을
함께 본 적이 있습니다.

이제는 더 이상 그대와
그 노을을 함께 볼 수 없습니다.

그럼에도 슬프지 않은 이유는
노을 끝에서 시작되는
별들의 잔치입니다.

밤하늘을 수놓은 별들
그 별들 중 그대가 있는 별을

나는 헤아려 봅니다.

은하수 옆 가장 빛나는
그대의 별
나는 그대의 별을 기억합니다,

이 세상에 있을 때
별빛처럼 빛나던 그대의 눈빛

그래서 나는 그대의 별을
쉽게 찾습니다.

오늘 밤새
그대의 별을 바라보겠습니다.
먼동이 틀 때까지

햇빛이 머문 자리

여름 내내
햇빛이 머물다간
나뭇 잎에
알록달록한 흔적을 남겼습니다

땅에 떨어져 밟히지만
햇빛을 기억하려는 나뭇 잎을
나는 보았습니다.

그대가 머물다 간
내 마음에도
아름다움이 깃들어
단풍이 되었습니다
그리움이 되었습니다.

지난해 낙엽 쌓인 길을

함께 걸으며
도란도란 나눈 이야기는
산산이 부서지고
홀로 낙엽 밟는 소리만 들립니다.

그대가 있는 하늘에도
단풍이 물들고
노을처럼 물들고
잎이 떨어지는지 궁금합니다.

그대가 생각날 때면
함께 걷던 숲길을 걸어 봅니다.
낙엽을 밟아 봅니다.
그 소리를 들어 봅니다.

4. **가**을_그리움이 번지는 빛깔

가을이 빛나는 이유

가을이 이처럼 빛나는 것을
예전에 미처 몰랐습니다.

봄에서 시작된 연두가
여름을 만나 초록이 되고

나는 그대를 만나 가을을
아름답게 지내고 있습니다.

초록이 가을의 빛으로
온 산을 물들이듯

그대를 향한 그리움은
내 마음의 단풍으로 수를 놓았습니다.

그대를 만나기 전까지
나는 예전에 미처 몰랐습니다.

가을이 이처럼 빛나는 것을
내 마음에 수를 놓는다는 것을

그대가 그리운 날

계절이 지나갈 때면
문득 저 하늘의
그대가 더욱 그리워집니다.

쪽빛 서쪽 하늘
그리움의 저편에 계실
그대의 하늘에도 가을이 있겠지요.

오늘 함께 걸었던
산행 길에서 거친 그대의
숨소리가 더욱 그리운 날입니다.

온 산의 나뭇잎이 노을빛 단풍으로
옷을 바꾸어 입을 때면
그대 생각이 그리움으로 번집니다.

나를 만나러 오는 시간

그대가
나를 만나러 오는 시간
그 시간이 가까워져 오면
내가 그대를 만나러 갈 때보다
더욱 설렙니다.

그대는
나를 만나러 오는 시간
약속 시각보다 늘 10분 빨리 옵니다.
활짝 웃으며
내가 기다릴까 봐
내가 그대를 빨리 보고 싶을까 봐
좀 일찍 오는 것이라며
그렇게 수줍게 말합니다.

이제 그대는 서쪽 하늘 저편으로
홀연히 떠났고

나는 이제 더는 그대를
기다릴 수 없게 되었습니다.

오늘같이 하늘이 높디높은 가을날에
나를 만나러 오는 그대의
또박스런 구두 굽 소리에
숨죽여 기다리는 내 심장소리를
듣고 싶습니다.

그대여
다시 나를 만나러 와 주세요
꿈에서라도 제발

그대의 의미

내 시에서 그대는
그리움의 대상입니다.

그때는 그대가
내 영혼의 반쪽임을
잘 몰랐습니다.

추수가 끝난 텅빈 들녘에
눈이 내리듯

그대가 떠난
텅빈 내 마음은
이제 그대를 만난 그때를
생각합니다.

그리움을 생각합니다.

그대를 만난 그때를
생각합니다.
그때를 그리워합니다.
그대를 그리워합니다.

고양이와 행복

그해 겨울
그대는 행복했다고 했습니다.

열흘간 그대 집 근처
편의점 앞에 늘 배고픔에
서성이던 유기묘

눈이 많이 내린 그 날
그대는
고양이를 집에 들였습니다.
행복을 데리고 왔습니다.

고양이는 고엔이라는
이름으로 불렸고
그대는 행복을 얻었습니다.

고엔으로 인해

그대는 햇살처럼 밝아졌고
사랑을 꽃피웠습니다.

그대를 보면

매일 매일 처음 만난 눈빛
그렇게 산뜻한 그대 얼굴을 봅니다.

세상의 모든 아름다운 언어를 엮어
시를 짓고 가사를 쓴 들
예쁘고 착한 그대의 심성을
어찌 표현할 수 있을까요.

그대를 보면
내면의 좌절과 갈등
심연의 슬픔이 비가 되어
바람이 되어 산산이 부서집니다.
그리고 찬바람이 됩니다.

찬바람은 저 혼자 올 일이지
왜 설렘을 가득 안고 오는 것인지

그대를 보면
늘 그렇게 설렙니다.

금빛 은행잎을 보았나요 01

금빛 은행잎이
찬란하게 도보 위를 장식합니다.

학교 쪽문으로
저녁 혼밥을 하러 가면서
지난해엔 보지 못한
그렇게 금빛 찬란한 은행잎

어둠이 시작된 초저녁임에도
가로등에 반사되어
내 눈을 환하게 합니다.

그대를 처음 만난 날
온 주변이 환했던 것처럼

그대의 밝고 맑은 미소를
생각해 내기 충분하답니다.

늦가을 바람이 일으킨
이 마술 같은 풍경을 보면서

그대 생각은 허기진 내 몸을
훈훈하게 채워 줍니다.

나는 늘
은행잎이 금빛으로 물들 때
그때면 그대를 생각합니다.

금빛 은행잎을 보았나요 02

낙엽으로 떨어진 은행잎
그 위에 바람이 머물다간
흔적을 찾아 봅니다.

성하의 계절
푸르디 푸르렀던 그 은행 잎
지금은 세월의 훈장을 받은 듯
금빛 찬란합니다.

땅에 떨어져
환한 세상을 만듭니다.

이제 내 인생도 가을입니다.
저렇게 찬란한 금빛이 되고 싶습니다.
땅에 떨어져 흩날린다 해도
그대라는 등불이 비춘다면
이내 행복해질 것입니다.

어쩌다 바람을 만나
그대 집 앞으로라도 날아간다면
그대의 발걸음 소리를 담겠습니다.

그래서 나는 땅에 떨어져도
바람에 날려도
그대를 만나 금빛이 된다면
이내 행복할 것입니다.

내 마음의 단풍

여름 내내 햇빛이 머물다간
나뭇 잎에 알록달록한
흔적이 남습니다.

햇빛을 기억하려는 나뭇잎
땅에 떨어져 밟히지만

그대가 머물다간 내 마음에도
그렇게 단풍 같은 아름다움이
깃들었습니다

그리움이란 이름으로 말입니다.

지난해 낙엽 쌓인 길을 함께 걸으며
도란도란 나눈 이야기는
이제 홀로 낙엽 밟는 소리만 들립니다.

그대가 있는 하늘에도
단풍이 지고
노을이 뜨며
낙엽이 떨어지는지 궁금합니다.

그대가 생각날 때면
함께 걷던 숲길을 걸어 봅니다.
낙엽을 밟아 봅니다.

노란 비가 내리는 날

노란 비가 내리는
늦가을이 되면
나는 노란 밀밭의
여우가 생각납니다.

우리가
살고 있는 이 지구
이곳을
방문한 어린 왕자
그에게
유일한 친구였던 여우

이렇게
노란 비가
내리는 날이면
나는
그대의 여우가
되고 싶습니다.

늘 오르던 산행 길

늘 오르던 산행 길
며칠 전부터 낙엽이
쌓이기 시작했습니다.

나는
낙엽 밟는 소리를 느낍니다.
예전에 미처 들리지 않았던 소리

늘 나는 그대와 함께
산을 오르내렸습니다.

모든 촉각이 그대에게 향해 있어
낙엽 밟는 소리를
듣지 못한 것 같습니다.

분명히 지난해도 그 지난해도
낙엽쌓인 이 길을 걸었을 텐데

나는 이제 혼자 걷습니다.
힘든 인생의 순례길을 같이 걷자던 그대

이제 그대는
눈으로 볼 수 없는 곳
손을 잡을 수도 없는 곳
서쪽 하늘 저편 그곳에 있습니다.

그대의 하늘에도
낙엽이 떨어지고 앙상한
잔가지가 많은 나무들이 있는지요.

지금 내 마음도
겨울 한가운 데 선 나무처럼
앙상하기만 하답니다.

도라지 씨를 뿌리며

여름 햇볕에 그을린 피부
드문드문 벗겨진 살갗과 같이
오곡이 머물다간 그대의 텃밭에

나는 도라지 씨를 뿌렸습니다.

내 기억이 머무는 그 밭에는
여름에서 가을 사이
늘 보라와 하양의 도라지 꽃이
만발했습니다.

나는 그 꽃의 빛깔과
바람을 맞이하는 하늘거리는
아름다움만을 보았지
도라지 씨를 뿌리는 그대의 수고를
예전에 미처 알지 못하였습니다.

도라지 씨를 뿌리며
그리움을 그대의 텃밭에 뿌렸습니다.

모든 것을 얼리는 한겨울을
거뜬히 이겨내고 싹을 틔우고
이쁜 꽃망울을 맺을
내년 유월을 기대합니다.

그대에 대한 그리움이
보라와 하양으로
아름답게 꽃피우길 희망합니다.

떠오르는 그대 얼굴

낙엽 진 나뭇가지 사이로
부는 바람이 피부에 차갑게 느껴집니다.

이럴 때 그대와 함께 마시던
커피 향을 떠올립니다.

이제
따듯한 커피를 마시고 싶을 때
꽃 같던 그대가 생각납니다.

그래서 그대를
마음속에서 지울 수 없습니다.

꽃이 졌다고
나뭇 잎이 떨어졌다고
그대를 잊은 적이 없습니다.

바람이 불어 찬바람이 불어
웅크러진 내 마음에
낙엽이라도 쌓이더라도
내가 어찌 그대를 잊겠습니까.

가을은 이렇게 보내지만

창문 사이로 난
작은 틈을 통해
바깥의 찬바람이 들어옵니다.

나는 그렇게
또 가을을 보냅니다.
그러나 나는 그대를 보내지
아니하였습니다.

내 마음속에 남아 있는
그대를 어찌 보낼 수 있을까요.

우리에게 이별이 없었다면
나는 그리움을 모른 채로
살아갔을 것입니다.
그리움이 아름답다고
여기지 않았을 것입니다.

그대가 있는 하늘에도
곧 겨울이 오겠지요.
겨울에도 멋 부린다고
얇은 옷을 입었던 그대가
나에게만 그랬단 것을
이제야 알았습니다.

문틈 사이로
헤집고 들어오는 찬바람이
그대를 향한 그리움으로
심장을 파고 듭니다.

가을은 이렇게 보내지만
나는 그대를 보내지 않습니다.
차마 보낼 수 없습니다.

단풍으로 온 그대

그대는 단풍입니다.
그대가
읽었던 책 만큼이나
많은 나무들과
하늘거리는 잎새들

낮에는 드높은 햇빛이
밤에는 영롱한 별빛이
알알이 박히었습니다.

온 산을 붉게 물들인
그 단풍처럼
그대에 대한 그리움이
내 마음을 채색합니다.

온 산이 단풍으로
꽃밭이 되어

내가 그대인지
그대가 나인지
분간할 수 없습니다.

우리 이 가을에
산으로 난 작은 길을 따라
함께 걸어 봅시다.

그대가 누구인지
깊게 알고 싶습니다.

5. **겨**울 – 그리움이 멈추는 공간

그리운 마음

서재의 창에 입김을 불어
그대의 이름을 적을 수 있는
겨울의 문턱에 들어섰습니다.

밖을 나서기에
보온을 위해
장갑을 챙기고
옷장에 묻어두었던
두꺼운 외투를 찾았습니다.

차가워질 몸을 걱정하여
갑옷 같은 옷들을 두껍게 걸쳤습니다.

이렇게 두꺼운 옷을 입는 계절이 오면
유난히 손발이 찬 나를
몸과 마음이 추워질까
걱정해 주었던 그대의 따스함을

기억합니다.

그래서 봄이 오면
나를 걱정했던 그대에 대한
생각을 묶어두려 합니다.

다시 나는
차가운 창에 입김을 불어
그대의 이름을 썼다
이내 지워버렸습니다.

그리움의 겨울

눈 내린 겨울날이면
어김없이 내 마음이 아픕니다.

추위로 몸이
점점 움츠러드는 것과 같이
그대를 향한 그리움으로
내 심장은 이내 반쪽이
된 것 같습니다.

겨울이면
그리움이 이렇게 아픔으로
다가오는 것은
그대와 나 사이 사랑의 기억이
하얀 눈에 묻혀있기 때문입니다.

우리는 며칠간 눈이 온
그곳에 머물렀던 추억이 있습니다.

나는 겨울이면 그대의 웃음을
기억하기 하고 싶어
그곳에 갑니다.

이제 그대는 내 시선 속에
없지만 그대는
겨울이면 그리움으로
내게 찾아옵니다.

그래서 나는
겨울이면 아프답니다.

노을지는 내 마음

그대여
오늘 저녁 서쪽 하늘 저편의
멋진 노을을 보셨는지요.

그대의 하늘에도
그렇게 좋아했던 노을이
있을는지요.

나는 노을이 질 때면
저렇게 붉은 노을이 질 때면
그대와 함께 보았던
노을을 기억합니다.

항상 그대는 노을을 무척
좋아했지요.
노을을 좋아했던 만큼

그대가 떠나는 날
그 날 노을은 오늘처럼
무척 붉었습니다.

그대는 멋진 노을과 함께
내 곁에서
내 눈에서
노을처럼 사라져 갔습니다.

떠나가는 모든 것의
뒷모습은 아름답지만
노을이 진 내 마음에는
이제 그리움의 꽃만 만발합니다.

오늘 저 노을처럼
붉디붉게 그렇게 말입니다.

눈내린 아침에

아침에 눈을 뜨니
흰 눈이 소박하게
정원을 덮었습니다.

얼마 전 낙엽이
수북했던 그 자리에
그대가 있는 곳에도
눈이 내렸는지 궁금합니다.

나는 옷을 서둘러
갈아입고
눈을 밟아 봅니다.

뽀드득 뽀드득
눈 밟는 소리
우리는 그렇게

즐겁게 눈 밟았던
기억이 있습니다.

저편 하늘
그대 있는 곳
눈 밟는 소리가 전해질까요.
그대 그리워하며
만든 눈사람
그대는 볼 수 있을까요.

그대는 아직도
내 눈에 밟히어

비록 해가 뜨면
녹게 될지라도
나는 그대 곁에
눈사람처럼
다정하게 서 있겠습니다.

눈꽃으로 머물다가

눈이 와서
모든 것이 감추어진다고
누군가에 대한 그리움은
결코 감추어질 수 없습니다.

감성진 세월 일상 위에
맘이 쌓여 맘 꽃이 피어나 듯
그 마음의 그리움은
맘 꽃이 될 것입니다.

비록 삶으로 인해
맘 꽃이 이내
사라질지 모르지만
마음의 시선이 머물러 있을 동안
그렇게 오래지 않은 동안

그것이 잠깐만 일지라도

그 그리움은 누군가의 곁에
머물 것입니다.

맘 꽃이 되어 어쩌다
설렘이 비추어 반짝 빛을 낼 것입니다.

그 그리움이
한 사람에게서만
빛나길 바라게 될 것입니다.

눈꽃이 햇살에 질 때

햇살이 눈 위에
은빛 노을을 만들 때
겨울의 기억 속에서
그대를 그려 봅니다.

우리는 다섯 해의 겨울을
다정으로 보냈습니다.
눈길을 함께 걷기도 했고
눈사람을 만들기도 했었습니다.

그렇게 우리의 겨울은
이야기로 채워져 있습니다.

그대는 자기의 별로 돌아가
나는 이제 그대의 입김조차도
볼 수 없습니다.

내 마음도 언 땅처럼
꽁꽁 얼어붙은
마음이 되었습니다.

그렇지만 내 그리움의 진동은
언 땅 깊숙이 꿈틀대는
봄기운처럼
그렇게 내 가슴을 헤집습니다.

눈꽃이 햇살에 질 때
그때까지만 그대를
그리워하겠습니다.

눈 내릴 때면

나뭇잎이 겹겹이 떨어진
갈색 대지 위에
소박스런 흰 눈이 덮인 지금

눈 내릴 때마다 만나자던
약속을 뒤로하고
왔던 별로 다시 돌아간 그대를
그리워합니다.

그대를 생각할 때면
내 마음이 따스해 진답니다.

그대는 눈이 오는 날이면
수족냉증으로 늘 차가운 내 손
겨울이면 더욱 차가워진
내 손을 따듯하게 잡아주었습니다.

그래서 눈 내리는 날이면
그대를 생각합니다.

그대의 따스한 온기를
그리워합니다.

눈이 내려 네가 쌓여

그대가 내 곁을 떠난
첫 겨울입니다.

유독 이번 겨울은 춥고
눈도 많이 내립니다.

오늘도 눈이 내려
귀가하는 길이 내내 막혀
음악을 들었습니다.

우리가 한때 즐겨듣던
'동행'이 나오는 것이었습니다.

지금 그대는 내 곁에 있지 않아
우리는 동행할 수 없습니다.

나는 잠깐 차를 멈추고

차창에 뜨거운 입김을 불고
그대의 이름 세자를 적어 봅니다.

눈이 내리면
그대가
내 마음에 쌓여 갑니다.

눈이 내리는 날

지난해보다 올겨울은
유독 눈이 자주 내립니다.

그대와 함께했던
지난해까지의 겨울을
기억해 봅니다.

눈이 오면 우리는
마냥 즐겁고 들떴습니다.

이제 그대가 부재한 이 세상에
내가 만난 첫겨울은
춥고 혹독합니다.

오늘처럼 눈이 내리면
나는 그대를 그리워합니다.

하늘에서 내리는 눈은
차마 그리워하는
그대 마음의 눈물입니다.

그래서 눈이 내리는 날이면
그대가 더욱 그립습니다.

눈처럼 그대가

눈이 올 듯합니다.
그대가 오신다기에
눈이 오면 어쩌나
혹여 못 오실까 심히 염려됩니다.

그래도 눈이 내렸음 좋겠습니다.
눈길이 막혀
이삼일 내 곁에 쉬었다 가시길
감히 바래봅니다.

곧 눈이 내릴 것 같은
분위기에 오시는 길 걱정보다
만날 설레임이 앞선답니다.

눈처럼 하얀 모습으로
밝고 맑은 그대 모습을
생각합니다.

그래서 눈이 왔으면
정말 좋겠습니다.

그리움이 첫눈처럼

내가 있는 이곳에는
첫눈이 내렸습니다.
첫눈이 오면 만나자던
우리의 약속은 잠시 내렸던
눈발과 같이

그렇게 지상에 떨어지자마자
기화되고 말았지요.
아쉬움이 눈물이 됩니다.

우리의 만남이 첫눈처럼
이내 날아가 버렸습니다.
물거품처럼 포화하여 버렸습니다.

늘 우리는 첫눈이 오면
만나자고 약속을 했고
또 그렇게 만나왔습니다.

이제 그대는 먼 곳에
첫눈이 와도 볼 수 없는 그곳에
그대는 바위처럼 있습니다.

내가 바람이 되어
다시 그곳으로 눈을 몰고 갈게요.

그대가 있는 저편 마을에
첫눈처럼 갈게요.

비록 바람에 날릴지라도
쌓이지 않고
금세 사라지더라도

오늘 같은 첫눈처럼 갈게요.

한 해가 지나갈 때면

한 해가 지나가는
시기가 되면
그대가 정말 그립습니다.

그대는 나의 에너지라고
나는 그대에게 장난처럼
늘 말하곤 했습니다.

그런데 그대의 부재가
이제사 내 삶의 에너지였던
사실을 느끼게 됩니다.

그대가 있는 서쪽 하늘은
시간과 공간이 없는
영겁의 세계라고 들었습니다.

시간과 공간 속에 갇혀

그대를 늘 그리워하는 내게
그대가 다시 오실 순 없는지요.

시간과 공간이 없는 세계
그대가 그 세계에 있으니
내 꿈에라도 찾아오셔서
말라 비틀어진 내 심령에
다시금 힘이 되어 주세요.

새해가 되면
동쪽 하늘에 떠오르는
태양처럼
내게 오신다고 말씀해 주세요.

나는 늘 힘이 되었던
그대를 기다려 봅니다.

3월에도 내리는 눈

내 고향 양구는
3월에도 눈이 내립니다.

진눈깨비로 시작한 눈이
온종일 내려
이제는 성글성글 흰 눈이
되었습니다.

하늘에 있는 그대의
그리움이 눈이 되어 내리는지
내 그리움이 커서
눈물이 얼어 눈이 되었는지

꽃이 피는 3월에도 양구에
눈이 내립니다.
나무에 눈꽃이 핍니다.

지나가는 이들은 무심코
그리움의 눈을 짓밟아

잠시 발자국을 눈 위에 남겼지만
이내 눈으로 뒤덮입니다.
그리움도 그렇게

내 고향 양구에는
3월에도 눈이 내립니다.
그리움의 눈이 내립니다.

그 덮인 눈 위에
그대의 자취를 찾아봅니다.
그리움을 찾아봅니다.

너무도 큰 그대

그대의 하늘에도
계절이 지나가고 있는지 궁금합니다.

오늘도 나는 그대에게
돌아오지 않는
메아리 같은 안부를 또 전해 봅니다.

바람이 세게 불 때면
그대가 날아갈까 걱정했고

계절이 바뀌는 환절기에는
감기라도 걸릴까 염려했습니다.

그대는 이제 자기가 온 별로 돌아가
그리움 저 편의 사람이 되었습니다.

홀로 남겨진 내 마음에

그대는 너무 거대해서 어디로도
옮겨둘 수 없습니다.

그대와의 추억이
내 가슴 속 너무 깊이 박히어 있어
제대로 꺼낼 수도 없습니다.

그래서 나는 이제 그대를
기억의 화석으로 남기겠습니다.
그리움으로 말하겠습니다.

시평_그리움에 사무친 서정의 절정

임재해(안동대 명예교수)

움직씨 '그리다'의 이름씨는 두 가지다. 하나는 '그림'이고 둘은 '그리움'이다. '그리다'는 것은 어떤 형상을 구체적으로 만들어내는 일이다. 화선지나 캔버스에 연필과 물감으로 일정한 형상을 나타나게 그린 것이 '그림'이다. 그림과 달리 보고 싶은 사람이나 장면을 추억과 상상으로 떠올려 그린 애타는 마음이 '그리움'이다. 그리움은 마음속에 사무쳐서 그린 추억의 그림이다. 막연한 생각이 아니라 구체적 형상을 갖춘 그림처럼, 아름다운 모습이나 생생한 장면으로 떠오르는 추억의 심상이 그리움이다.

구체적 장면을 그리긴 해도 그리움은 그림과 다르다. 아무리 아름답고 생생한 추억의 그리움이라 하더라도 마음속에서 상상으로 그릴 뿐 그림처럼 실체로 존재하지 않는다. 실체로 그릴 수도 눈으로 볼 수도 없는 것은 물론, 다른 사람과 공유할 수도 없는 것이 그리움이다. 혼자서 마음속으로 그리는 '그리움'은 남들은 알지 못하는 것이어서 외롭기도 하고 더 사무치기도 한다.

그리움은 추억과 같으면서 다르다. 기억으로 떠오른다는 점에서 같지만, 그리움은 추억처럼 아름다운 과거의 기억에 머물지 않는다. 그리움은 과거의 기억을 더욱 아름답게 지속하고 싶은 간절한 소망을 품고 있다. 추억이 과거의 재생이자 잊고 싶지 않은 기억이라면, 그리움은 기억 상태를 넘어 현실로 이루고 싶은 추억의 현재화이자 미래의 소망이기도 하다.

그리움 속에는 과거의 추억을 현재화하고 싶은 강렬한 소망이 담겨 있다. 온전하게 이루어진 추억은 회상만으로도 만족할 수 있다. 그러나 그리움은 미완의 추억에서 비롯된 까닭에 더욱 그립고 안타깝다. 짝사랑이든 이별이든 온전한 사랑으로 지속되지 못하는 것이어서 더 그리운 것이다. 추억이 미련 없는 기억이라면, 그리움은 미완의 추억에 대한 미련이 강하게 남아 있는 기억이다.

그리움은 추억과 달리 가슴에 사무치는 절실함이 있다. 현실적으로 이루고 싶은 꿈이되, 쉽게 이룰 수 없는 꿈이어서 애달프고 간절하다. 님을 그리는 간절한 마음이 사무쳐서 자못 슬픔에 빠지게 만드는 한편, 달랠 수 없는 서정은 절절한 노래의 울림으로 가슴에서 요동치기도 한다. 그러므로 시인 김영순은 가슴 벅찬 서정을 그리움의 시편으로 끊임없이 그려낼 수밖에 없다.

시인은 연작으로 그리움의 시집을 발표했다. 그의 작품 속에는 그립고 그리워하고 그리는 다양한 그리움의 정서가 두루 내포되어 있다. "그리운 건 그대인지 그때인지" 잘 모르겠다고 했지만, '돌아오지 않는 모든 것'과 '잡을 수 없는 모든 것', '만날 수 없는 모든 것'이 그리움이다. 돌아오지 않는 것은 과거의 추억이고, 잡을 수 없는 것은 이룰 수 없는 꿈이며, 만날 수 없는 것은 지금 여기에 없는 그대이다. 세 갈래 그리움은 사실상 잊을 수 없는 그대에 집약되어 있다.

그대는 한때 시적 자아와 함께 했던 님이다. "봄꽃이 필 때/ 그대와 나는/ 그 꽃을 함께 보았"고 "빗속에 우산을 쓰고" 다정하게 걷기도 하며, "지난해 낙엽 쌓인 길을/ 함께 걸으며/ 도란도란" 이야기를 나누었다. "눈길을 함께 걷기도 했고/ 눈사람을 만들기도" 하며, "며칠간 눈이 온/ 그곳에 머물렀던 추억"도 있다. 어느 특정한 계절이 아니라, 계절마다 잊을 수 없는 추억이 가슴에 사무쳐 늘 그리움의 아픔을 몸살처럼 겪는다.

그러나 한편 생각해 보면 특별할 것도 없는 계절의 일상이다. 봄꽃이 필 때면 누구나 꽃을 보기 마련이다. 비가 오면 우산을 쓰고 걷거나, 가을에 낙엽 쌓인 길을 걸으며 동행자와 이야기를 나누는 것도 예사롭다. 눈 내리는 겨울이면 눈길을 걷거나 눈사람을 만드는 일도 특별하달 것이 없다. 그럼에도 특별히 그리운 것은 그런 일상을 함께 한 '그대'가 있었던 까닭이다.

그대는 누구인가? "그대는 내 안에서/ 늘 만나는 작고 이쁜 소녀"인가 하면, "그대를 연두로 기억하고" 싶은 님이다. "샌드위치를 만들고 미소 짓는 그대"는 한 사람의 여인이며, "늦은 밤 자판을 토닥거리며/ 시 짓는 모습"의 그대는 시인이기도 하다. 그대가 구체적으로 누구든 그대는 시적 자아가 절실하게 사랑하는 님이자 모든 그리움의 원천이다. 무엇을 함께 하든 즐겁고 행복에 빠져들게 하는 것이 그대이다. 따라서 그대와 함께 한 모든 일과 장소와 시간 또한 그리운 대상이다.

> 그대가 있었던 모든 곳에
> 그대의 모습을
> 다시 볼 수 없지만
> 그곳에 함께 있었단 기억만으로
> 나는 행복하답니다. 〈바로 그대였으면〉

시인은 그리운 마음을 에둘러 말하지 않는다. 마음 가는 대로 솔직하게 털어놓는다. 그립다고 말하면서, 보고 싶고 만나고 싶은 사랑의 감정을 직설적으로 말한다. 그대가 있어 행복한 것은 그대를 절실하게 사랑하는 까닭이다. 따라서 함께 있었던 기억만으로도 행복할 수 있다. 그러나 더 소망스러운 것은 함께 있어야 할 미래 상황이다. 그러므로 눈 내리는 날씨에 대한 감정도 두 가닥으로 엇갈린다.

눈이 오면 어쩌나
혹여 못 오실까 심히 염려 됩니다.

그래도 눈이 내렸음 좋겠습니다.
눈길이 막혀
이삼일 내 곁에 쉬었다 가시길
감히 바래봅니다. 〈눈처럼 그대가〉

눈이 오면 그대가 오지 못할까 몹시 염려된다. 눈이 그대가 오는 길을 막을 수도 있고, 그대가 오더라도 눈길은 위험할 수도 있어 걱정이다. 그래서 눈이 오지 않기를 바라는 마음이 먼저지만, 그럼에도 눈이 오기를 바라는 마음이 더 크다. 아예 눈이 펑펑 쏟아지기를 바란다. 그러면 눈길에 막혀서 곧장 돌아가지 못하고 며칠씩 함께 보낼 수 있기 때문이다.

이룰 수만 있다면, 그대가 올 때는 눈이 오지 않다가 오고 난 뒤에 눈이 듬뿍 내려서 길을 막게 되면 정말 좋을 것 같다. 그러나 시적 자아는 그런 절묘한 날씨를 바라지 않는다. 그대가 오는 길이 염려되긴 하지만 눈이 내리는 길을 기어코 찾아오길 바라는 까닭이다. 왔다가 우연히 내린 눈 때문에 발이 묶이는 것이 아니라, 위험한 눈길을 마다하지 않는 것은 물론 돌아가지 못할 사실까지 염두에 두고 기꺼이 눈길을 찾아오는 그대를 감히 바라는 것이다.

그러한 소망 속에는 나에 대한 그대의 사랑을 충분히 확인하고 싶은 마음이 담겨 있다. 그렇다고 해서 그대를 무작정 붙잡아두려는 일방적 욕망은 아니다. 분주한 세상사로부터 해방되어 며칠 푹 쉬었다가 가도록 하려는 배려의 마음이 그대에 대한 진심이기 때문이다.

그대에게는
늘 좋은 향이 납니다.

나는 무슨 샴푸를 써요
무슨 향수를 뿌려요
물은 적이 있습니다.

그대는 빙그레 웃으며
아무것도 안 쓰는데
누군가 사랑하면 이렇게
좋은 향이 나는 거예요
답했습니다.〈그대의 향기〉

좋은 향이 나면 사랑하는 것이 아니라, 사랑하면 좋은 향이 난다. 좋은 차를 마시면 차 맛이 좋은 것이 아니라, 사랑하는 사람과 함께 차를 마시면 차 맛이 좋다. 처음 내린 눈이어서 첫눈으로 기억되는 것이 아니라, 사랑하는 사람과 처음 눈을 맞으면 그것이 몇 번째 눈이든 첫눈으로

164

기억된다. 따라서 사랑은 모든 사물과 상황을 아름답게 변화시키고 모든 오감을 감미롭게 작동하도록 만들며 행복한 감정으로 달뜨게 한다.

그리움은 행복감을 주기만 하는 것은 결코 아니다. 만날 수 없는 그대를 그리는 그리움은 행복감보다 슬픔과 함께 안타까움을 주기 때문이다. 서로 사랑하는데도 만날 수 없는 이유는 둘이다. 하나는 서로 다른 시간대에 속해 있는 것이고, 둘은 서로 다른 공간에 놓여 있는 것이다. "나는 세상이/ 잠에 드는 밤이 되어서야/ 별빛으로 그대를 찾습니다." 이처럼 세상이 잠든 시간대에만 별빛처럼 찾아갈 수 있는 제약은 안타깝기 짝이 없다. 더 슬픈 것은 공간적 제약이다.

우리 사이에
놓여 있는 강과 산

강은 도도히 흐르고
산은 그 자리에
멈추어 있습니다.〈우리 사이〉

도도히 흐르고 있는 강과 우뚝한 산이 멈추어 서서 두 사람의 만남을 가로막고 있다. 우리 사이에 강만 없어도, 멈추어 선 산만 없어도 쉽게 만날 수 있을 터인데, 국경처럼 강물이 가로막고 장벽처럼 산이 막아서서 안타깝다. 그러나 물리적 제약 탓에 만날 수 없어도 같은 하늘 아래 같은 땅에 살고 있는 것만으로도 행복할 수 있다. 인젠가 다시 만날 희망이 있기 때문이다.

하지만 그대는 이미 이 세상 사람이 아니다. 하늘의 사람이다. 다시는 만날 수 없는 세상으로 떠나버려서 도무지 희망이라곤 없다. 만날 수 없는 사람은 잊어버리는 것이 오히려 마음 편할 수 있다. 그러나 그대를 잊은 적이 없기 때문에 잠조차 제대로 이루지 못한다.

꽃이 핀다고
그대를 잊은 적이 없습니다.
꽃이 진다고
그대를 잊은 적이 없습니다.〈그대 생각 02〉

잊은 적도 없지만 잊을 수도 없다. 그대를 그리는 마음이 절실하기 때문이다. 이룰 수 없는 소망을 이루는 길은 있을까? "죽도록 그리워하면/ 정녕 돌아오고/ 잡을 수 있고/ 만날 수 있을까요." 아무리 간절해도 길은 없다. 하늘의 사람과는 결코 만날 수 없기 때문이다. 그대가 나에게로 올 수도 없고 나 또한 그대에게 갈 수도 없다. 다른 세상 사람이어서 누구도 오갈 수 없는 처지이다.

이제 그대는
여기에 존재하지 않는
하늘의 사람
내 마음에만 존재하는 사람 〈그대 생각 03〉

다시 나를 만나러 와 주세요
꿈에서라도 제발 〈나를 만나러 오는 시간〉

그럼에도 길은 있다. 간절한 소망을 이루는 유일한 길은
'꿈'에서 만나는 것이다. 꿈은 불가능을 가능하게 하는 개인
의 신화이다. 불가사의를 실현하는 초월적 세계가 꿈이다.
꿈에서는 무엇이든 이룰 수 있다. 따라서 꿈에서라면 하늘
사람도 만날 수 있다. 그러나 자의적으로 꿈을 꿀 수 없는
것이 결정적 한계이다. 그러므로 꿈에서라도 제발 나를 만
나러 와 달라고 기도한다.

나는 알라딘이 타고 다니는
양탄자처럼
그대의 탈 것이 되어
하늘을 날고 싶었습니다. 〈그대와 함께〉

어른들은 꿈에서라도 제발 와 달라고 기도하지만, 소년
다운 정서는 꿈을 동화적 상상력으로 실현한다. 꿈처럼 동
화 속에서도 이루지 못하는 것이 없다. 꿈은 자의적으로 꿀

167

수 있는 것이 아니어서 사실상 이루기 어렵지만, 동화적 상상력은 얼마든지 자기 소망을 펼칠 수 있다. 따라서 올 수 없는 그대를 꿈에서 기다리는 것이 아니라, 스스로 동화의 주인공이 되어 그대 곁으로 날아가려고 한다. 단순히 그대를 만나기 위한 것이 아니라 그대의 탈것 되어 알라딘의 양탄자처럼 그대를 태우고 하늘을 날고 싶은 까닭이다.

겨울에도 멋 부린다고
얇은 옷을 입었던 그대가
나에게만 멋 부렸다는 것을
이제야 알았습니다.〈가을은 이렇게 보내지만〉

시인의 시는 동화다운 점이 있다. 동화처럼 순박하고 동심처럼 순진무구하다. 알라딘의 담요가 되고 싶은 것이 소년다운 정서라면, 멋 부리고 싶어서 겨울에도 아랑곳하지 않고 얇은 옷을 입는 그대는 소녀다운 정서다. 시인이 되는 꿈을 품은 것도 소년기였다. 시적 서정도 소년기에 머물러 있다. 사랑 시는 으레 시적 자아를 어리게 만든다. 자연히 시편들도 솔직담백하여 난해한 이미지 시와 거리가 멀다. 그러므로 누구든 쉽게 읽고 쉽게 공감할 수 있다.

그대는
바람입니다.

미풍입니다.
나는 나무입니다.〈미풍으로 부는 그대〉

사랑하는 그대는 나를 흔드는 바람이다. 마음을 요동치게 하는 폭풍이 아니라 설레게 하는 미풍이다. 시적 자아는 미풍에 흔들리는 나무이다. 그리움의 감수성 또한 그런 것이다. 소년다운 서정에서 성숙하려면 그리움의 정서를 극복해야 한다. 미풍에 흔들리는 나무로 만족하지 말고 능동적 주체로서 강물 같은 흐름과 바다 같은 사랑의 실천을 밀고 나가야 한다. 시인의 시적 자아는 그리움의 서정에 사무쳐 있지만, 사회적 자아는 사회과학적 문제 인식과 인류애의 실천에 골똘해온 학자이다.

학자로서 시인의 화두는 바람직한 다문화 사회를 이룩하는 것이다. 한국에 이주한 외국인 근로자들과 결혼이주여성들 그리고 그들의 가족들이 우리 사회에 순조롭게 적응하도록 하는 한편 자문화의 정체성을 독자적으로 살려가는 일에 학문적 관심을 쏟고 있다. 개별적 연구에 머물지 않고 '다문화융합연구소'를 운영하면서, 다문화 현장에 대한 조사연구를 끊임없이 하여 다문화 관련 보고서와 연구서를 연쇄적으로 발간함으로써 독보적인 연구 업적을 쌓았다.

최근에는 사단법인 '공존과이음'을 만들어 다문화 공존 사회를 모색하고 소수자 문화와 연대하는 이음의 길을 실천하고 있다. 이미 이룩한 업적 못지않게 이루어갈 다문화 사업 활동의 폭넓은 전개와 쌓아갈 높이가 더 기대된다. 따라서 그리움의 서정을 갖춘 소년의 감수성과 달리, 시인의 사회적 자아는 다문화가족 사랑을 실천하는 사회과학자로서 우뚝한 산을 이루고 있다. 그러므로 저자 김영순 교수는 인류학자 가운데서도 다문화연구자로 널리 알려져 있다.

교수들은 흔히 분과학문 전공자로 일컬어지기 쉬운데 특별히 '다문화연구자'로 호명되는 것은 그만큼 자기 학문의 세계가 일정한 연구 영역에 집중되어 학문적 정체성을 분명하게 확보하고 있는 까닭이다. 따라서 '그리움'의 시집은 인류학자 김영순이 지닌 또 하나의 얼굴을 비추어주는 거울이다. 그는 문화인류학 교수의 얼굴로 성숙했지만, 시적 자아는 소년적 서정의 티를 벗지 못한 '그리움의 시인' 얼굴을 하고 우리 앞에 문득 다가와 있다. 한마디로 다문화연구자가 '그리움의 시인'으로 거듭난 것이다.

시인이라는 정체성을 넘어서 단숨에 '그리움의 시인'이라 일컬을 수 있는 근거는 그의 시집이 입증한다. 시인 김영순의 시집은 이런저런 시를 모아서 일정한 제목을 붙이는 문단의 상투적 시집 출판 관행과 자못 다르다. 오롯이 그리움에 관한 시편만 모아서 '그리움'을 표방한 시집을 간행한 까닭이다. 이 시집『그리움의 기억법』은『그리움을 그리다』에 이은 연작 시집인데, 두 시집 모두 '그리움'의 시만 오롯이 담아냈다. 고은의『만인보』이후 같은 주제의 시집을 연작으로 낸 시인을 나는 알지 못한다.

그럼에도 시인의 '그리움'에 대한 서정적 탐색은 여기서 멈출 것 같지 않다. '그리움'을 극복하는 새로운 서정이 예감된다. 이미 그의 시편이 새 지평을 열어놓았다.

눈꽃이 햇살에 질 때
그때까지만 그대를
그리워하겠습니다.〈눈꽃이 햇살에 질 때〉

다시 나는
차가운 창에 입김을 불어
그대의 이름을 썼다
이내 지워버렸습니다.〈그리운 마음〉

이제 시인은 그리움 속으로 하염없이 빠져드는 단계를 넘어서려 한다. "그때까지만 그대를 그리워하겠다."는 결심이 단호하다. 그대를 더 이상 그리워하지 않겠다는 다짐이다. "그대의 이름을 썼다/ 이내 지워"버릴 수 있는 것도 정서적 해방의 용기이다. 다문화연구자로서 시적 자아가 더 열린 사랑으로 확대되고 소년적 서정을 넘어선 새 단계의 그리움으로 나아갈 것을 예감하게 한다. 예감이 어김없기를 바란다.

에필로그_그리움과 행복의 상관성

김영순 시인

1. 〈그리움을 그리다〉를 소환하다

가깝고 정들었던 많은 것을 떠나보낸 2021년은 내게 그리움을 배울 수 있는 시간이었다. 그리움을 주제로 엮은 시편들을 모아 시집을 냈으니 소년 시절부터 꿈꾸던 시인의 지위를 성취했던 해이기도 하다.

나의 첫 시집은 〈그리움을 그리다〉라는 이름을 달았다. 이 시집에서 우리는 수많은 그대들을 만난다.

나의 첫 시집에서 가장 많이 등장하는 단어는 '그대'이다. 이 그대는 말 그대로 타자이지만 그리움의 대상이라는 말이기도 하다. 그대란 단어는 언제나 다정다감하지만 아픔, 슬픔, 기쁨 등이 중첩되는 이미지로 떠올려진다. 그대는 적어도 내게는 공감각적으로 다가오기에 무어라 표현할 수 없는 느낌을 지니게 한다.

내가 그대란 말을 즐겨 쓰게 된 것은 5년 전 지병과 싸우면서 가장 고독하고 힘든 시기에 만난 친구로 인해서이다. 딱히 호칭을 부를 수 없어서 그 친구를 그대라 불렀다. 처음 그대라고 불러주었을 때 장대비가 내리더니 그대가 떠나간 그날도 몇 날 며칠 폭우가 내렸다. 나를 불쑥 찾아

온 그대는 내 인생의 소풍 같은 삶을 선물해 주고 다시 시를 쓸 수 있도록 감성을 선사했다.

사회과학자는 시라는 감성 도구와는 가장 먼 거리에 존재해야 하는 위치에 있다. 그런데 그대는 나를 소년기의 꿈이었던 시인으로 만들어 주었다. 이제 그대는 홀연히 서쪽 하늘 저편 별들이 머무는 곳으로 떠나 그리움만 남는다.

그 그리움이 전이되어 내 삶에 많은 이들을 그대로 부르게 되었다. 이렇게 내 시는 수많은 그대들에게 바쳐질 아름다움이다.

그대는 부르면 부를수록 그리움에 젖어 드는 단어가 되었다. 첫 시집을 정리할 때도 이번 두 번째 시를 쓰는 동안에도 나는 그대가 그립고 또 그리웠다.

부모를 떠나 홀로 유학을 하는 둘째 아이에 대한 그리움, 고향을 가보지도 못하고 병상에서 돌아가신 어머니에 대한 그리움, 내가 수행하는 현장에서 만난 이주민들의 고향에 대한 그리움, 사할린 한인이 느끼는 고국에 대한 그리움, 북에 가족을 두고 온 탈북민의 그리움 등등. 이렇게 내 첫 시집에는 갖가지 그리움들이 꽃을 피우고 아름답게 그려졌다.

나는 왜 첫 시집도 두 번째 시집도 그리움을 그리고 그리움의 기억법에 몰두하는가? 이런 자기 질문에 두 번째 시집을 읽는 독자분들을 위해 나의 그리움을 좀 더 친숙하게

174

이해할 수 있도록 그리움과 행복의 상관성을 적어 보았다.

2. 그대는 행복의 지향점이다

시집 『그리움을 그리다』의 첫 시는 '그리움의 꽃밭'이다. 그리움이 얼마나 아름다웠으면 꽃밭을 이룰까? 시집에서 그리움은 결코 '그리움'의 완성이나 완결을 그리지 않는다. 그리움을 호소하고 또 다른 그리움을 겹겹이 쌓아간다. 그러면서 모든 사람의 마음에 그리움의 꽃밭이 있음을 드러낸다. 그리움의 다양한 꽃들이 만발한 꽃밭을 이루지만 '나의 그리움은 오직 그대에게 향해 있습니다.'라고 고백한다.

채워지지 않는 그리움은
같은 하늘 아래 호흡하고 있음에도
더 이상 그대를
볼 수 없어서입니다.

그대의 숨결과 향기가
내 꽃밭에 머물기 때문입니다.

그래서 나의 그리움은
오직 그대에게 향해 있습니다.
　　　　　　　　—「그리움의 꽃밭」 부분

가만히 보면 그리움의 꽃밭에 있는 그대는 '시인의 말'에 기술된 그리움의 대상이며, 그 대상이 누군지 모르지만 오로지 '그대' 한 명임을 드러낸다. 같은 하늘 아래 호흡한다는 것은 시인이 지닌 그리움의 대상이 같은 공간에 있으면서도 어떤 연유에서인지 만나지 못함을 드러내고 있는 것이다. 우리는 이렇게 현실을 누군가와 함께 살고 있지만 같은 하늘 아래 살고 있어도 볼 수 없는 대상이 있을 수 있다. 아직도 사랑이 식지 않아 노을 지는 석양이면 불쑥 찾아오는 옛 연인에 대한 그리움, 북에 가족을 두고 온 탈북자들의 슬픈 그리움을 생각해 보라. 수많은 사람이 이산을 겪고 있다. 그렇지만 나의 시에는 꿈속에서라도 그대를 향해 날아가겠다는 의지로 표현되고 있다. 그러한 의지는 분명히 우리를 행복한 인생의 길로 안내할 것이다.

그대여
마을의 등불을 켜고
마음의 문을 활짝 열어
내 마음을 받아주세요.

나는 오늘 밤
그대에게 날아가서
그대 마을에
그대 마음에
오래도록 머무르고 싶습니다.

새벽 동이 틀 때까지
　　　　　　　―「그대의 꿈에」 부분

　시인은 현실에서 만나지 못하는 그대를 위해 아주 간절한 마음으로 꿈속에서라도 그대가 사는 마을로 날아가 그대의 마음에 머물기를 주문하고 있는 것이다. 한밤중에 날아가 새벽 동이 틀 때까지 머무르고 싶음을 간절하게 표현하고 있다. 그리움의 대상인 그대를 꿈속에서라도 보고픈 마음을 지닌 시인은 그리움, 그 그리움을 꿈에서도 채우겠다는 감정은 절절한 아픔보다 그리움으로 행복하고 있음을 노래하고 있는 것이다. 그 이유를 보면, 꿈에서라도 날아가겠다는 염원은 그대를 향한 아름다운 마음을 가지지 않고서는 있을 수 없기 때문이다. 그러면서 시인은 끝내 현실의 꿈이지만 그 '그리워하는' 꿈을 죽을 정도로 그리워하면 만날 수 있다고 표현했다.

　그대는
　봄이 오면 들꽃으로
　비가 오면 바람으로
　그렇게 다가옵니다.

　수많은 시간들이
　지난다 해도

죽도록 그리워하면

만날 수 있습니다.

—「봄이 오면」 부분

동서고금을 막론하고 '그리움'은 '연정'과 '별리'를 그 기호와 감각의 토대로 삼아 더욱더 넓어지고 깊어진다. 시인은 "죽도록 그리워하면 만날 수 있다"는 것을 통해 불교의 윤회설 내지는 이자정회(離者定會)의 논어의 말씀인즉 헤어진 사람은 반드시 다시 만난다를 은유하고 있다. 대부분 평범한 일상을 살아가는 우리들은 '그리움'은 누구나 그럴법한 보편적 정서일 따름이다.

필자의 시집에 발문을 써 준 최현식 평론가의 시평에 근거하면, "봄이 오면 들꽃으로//비가 오면 바람으로"라는 '그리움'의 계절적 변주는 첫째, 아무런 이유 없이 존재하며 우리를 엄습하고 상처를 준다는 것, 둘째, 하지만 그럼으로써 우리의 자아를 치유하고 보존케 하는 힘으로 오히려 작동한다는 사실을 유쾌하게 알려준다. 이런 연유로 별리의 정한이 커질수록 내면의 고통과 상처가 더욱 혹독해질 것임에도, "먼 훗날 그때"에나 그대를 잊겠노라며 사랑의 영원성을 되뇌는 마음은 자연스러운 것이 된다. 돌아올 그리움에 대해 평자는 "역설의 힘과 마음으로 자연스러운 것"으로 환원시키고 있다.

시인은 '그대'와의 별리를 경험했음에도 지속적으로 그대를 그리움의 존재로 찾고 있으며, 삶을 지탱하는 자양분으로 인정하고 있다. 필자의 시집 『그리움을 그리다』에서 '그리움'이 환기하는 최고 또는 최후의 사랑을 나타낸 감각을 찾아본다면 과연 무엇일까. 필자의 시 「매일 아침」에서 그것을 확인할 수 있다.

매일 아침
잠에서 깨어나면
그대 생각도 다시 깨어납니다.
지난 해 피었던 꽃은
봄이 되어야 다시 피지만

그대 생각은
매일 아침 새롭게 피어납니다.
내 마음 속에서
주홍빛 꽃으로 피어납니다.
　　　　　　　　　　―「매일 아침」 부분

주체의 사랑은, 또 그리움은 '그대'를 향한 절망과 '그대'로부터의 버림받음이라는 최악의 고독과 상실을 초래하기도 한다. 그 이유는 '대상', 곧 '그대'를 '흡수'하지만 동시에 '그대'와 적절한 '거리'를 두어야만 하는 까닭이 비롯되는

지점이다. 물론 이때의 '거리화'는 너무 밀착되지 않고 적절히 격리된 물리적 현실을 뜻하지도 않는다. 오히려 '떨어짐'의 대상은 '그대'라기보다 '그대'의 다원론적 실재와 그 잠재성을 스스로 제약하는 '나' 자신일 필요가 있다. '그대'와 굳게 악수하지만, 동시에 유연한 거리를 둘 줄 아는 '나'의 사랑과 그리움은 '그대'와 '나' 안에 존재하는 '타자성'을 발견할 줄 안다.

인생은 참으로 힘듭니다.
굴곡이 진 길이나 높은 산과 같은
어려움을 만나거나
성난 파도를 안고 있는
바다를 만나기도 합니다.

(중략)

우리는 오늘도 내일도
그 길을 함께 걸을 것입니다.
서로의 숨이 다하는 날까지
함께 걷겠습니다.

어느날 그대가
혼자가 되더라도
나는 그대의 밤을 지키는

별이 되어 있을 것입니다.

그렇게 우리는
영원할 것입니다.
　　　　　—「순례 길에서」 부분

　　모든 인간은 태어난 순간부터 죽음을 향해 뚜벅거리며
걷는다. 시인은 우리 모두의 인생이 순례길임을 시사한
다. 우리 삶 자체가 태어남과 자람, 병듦과 죽음으로 차례
지어진 시공간적 순례의 과정임은 두말할 나위 없다. 이
보편적 서사와 문법은 사이보그가 아니고서야 모든 인간이
지닌 사랑과 그리움의 것이기도 하다. 삶과 운명의 타자성
을 짚어내고 자기화한다는 것은 타자의 비극적 순례를 연
민과 애통의 심정으로 읽어내고, 그 결과물을 저 내면 깊은
곳에 새겨 넣을 줄 안다는 사실을 뜻한다. 이렇게 모든 인
간은 죽음을 필연적으로 행해야 하지만 계급과 인종, 문화
와 생활의 차이를 지니며 산다. 그런데 그것이 존재의 다양
함으로 부각되는 것이 아니라 존재의 차별로 드러나는 부
조리한 현실에서 '주체'와 '타자', '권력자'와 '소수자', '선
주민'과 '이주민' 등으로 표출된다.
　　그런데 시인은 '그대'를 순례자로서의 삶을 함께 하며,
순례길의 동반자로서 주체와 타자가 하나됨을 시를 통해
요구한다. 시인이 말하고 싶었던 것은 우리가 '타자'에 대해

먼저 공감하면서 그를 또 다른 자아로 내 안에 불러들인 뒤 다시 포옹하고 악수할 수 있는 어떤 가능성을 실현해가는 차가운 지혜에 대한 것이었는지도 모른다. 왜냐하면 우리는 이런 가능성을 믿고 따를 때야 비로소 힘들고 어려운 "순례 길"을 타자와 함께 걷는 '그대', 곧 힘들고 지친 삶의 동반자가 될 것이다. 우리의 모든 그대가 바로 그대를 행복하게 하는 동반자이다.

3. 그리움과 행복은 공존한다

그대가 나의 인생에 동반한다는 것은 행복한 일이다. 일상의 기쁨, 슬픔을 함께 나누고 영혼을 나눌 수 있는 '영혼의 반려자(soul mate)', 그것이 '지음지기'이던, '지란지교'이던 그런 존재를 가지고 있다면 행복한 일이다. 그러나 현실에서 그런 소통의 대상을 만나기는 쉽지 않다. 그냥 마음에 두고 그런 대상을 흠모하는 수준으로만 만족할 수 있는 관계도 있다. 마음에 두고 있는 연인의 집 앞을 그리움을 안고 서성이던 기억을 가진 사람은 행복하다. 한때 가슴을 휘젓는 그리움은 '질병의 은유'를 취함으로써 오히려 한층 격렬하며 더욱 그리운 것이 되어갔다는 사실을 다음 시에서 알려 준다.

　그대의 집 앞

서성이다 돌아오는 길에
별이 따라옵니다.
멈춰진 두근거림을 별과 함께
내 마음에 담습니다.

내 심장이 뛰는 한
나는 그대 집 앞에 머무를 것이고
두근거림 병은 낫지 않을 것입니다.

오늘 그대의 집 앞에서
느꼈던 그 두근거림 말입니다.
　　　　　　—「그대 집 앞」 부분

　"두근거림 병"은 '기다림'이 끝나는 순간, 다시 말해 그게 편지든, 전화든, 꿈과 현실 속 만남이든 '그대'와 '나'가 서로 접촉하자마자 바로 사라진다. "두근거림 병"을 감격과 황홀의 이상한 질병이라 불러도 틀릴 까닭이 없는 이치인 것이다. 하지만 '그립다'라는 감정과 말이 사라지지 않는 한 "두근거림 병"은 결코 치유될 수 없다. 그런 점에서 그것은 영원한 유예의 질환이기도 하다. 그렇기에 벅찬 기쁨과 환호에도 불구하고 가슴을 찬 고통은 때로는 존재를 강박과 초조, 불안과 떨림의 심리적 질환으로 우리를 고통스럽게 하는 '불손한' 적대자로 돌변하는 것이다. 이로써 '그리움'이란 단어 자체가 충만과 완결을 처음부터 모르는 결핍과 미완의 정서이자 감각임이 더욱 분명해졌다. 그런 감정들은 행복함을 느끼는 데 전제가 되거나 서막이 되는 감정들이다. 두근거림을 불손하게만 보지 말자. 두근거린다는 것은 심장이 뛰는 것이며 행복을 느끼게 하는 것이기 때문이다. 다음 시에서 그대 집 앞에서 그대가 나오기를 기다리면서 우연을 가장한 조우를 꿈꾸는 시적 화자의 두근거림은 이내 행복함으로 변화한다.

아주 긴 시간이 걸려서
여기까지 왔는데
약속 없이 왔는데

혹여 그대가 나오기만
간절히 기다려 봅니다.

하얀 웃음으로 꽃같은 그대가
집을 나설 때
우연처럼 만나고 싶습니다.

이곳에 일이 있어 왔어요.
라고 하면서
          −「그냥 우연처럼」 부분

한편으로 시집 『그리움을 그리다』에서는 '기대'와 '만남'

보다는 '좌절'과 '이별'의 순간이 뚜렷하게 그려진다. "그리움은 만남을 전제로 하지 않는다." 라는 원초적인 별리의 감정은 '나'와 '그대'의 통합과 공존을 상상의 세계에서 생산하고 조율한다. 그리움은 떠나간 것이고, 다시는 돌아오기 어려운 것에 대한 감정이다. 그래서 돌아오지 못하는 것들을 그리워하는 것은 행복의 역설이다.

그리워한다는 것은 슬픈 것이지, 어떻게 행복한 것이라고 말할 수 있는 것일까. 다음 시들에서 한때 곁에 존재했었지만 사라져버린 연인의 부재가 두드러지게 표출된다. 시적 화자는 별리의 감정 속에서도 '꽃무늬 원피스'를 입었던 그대, '그 공원 그 길'을 함께 걸으며 도란도란 이야기 나누었던 그대를 떠올리며 행복하게 옅은 미소를 지을 것이다.

멀어진 그대를 더 이상
잡지 못하는 내 마음을
봄이 지나가는 밤하늘에
부서진 마음을 풍선에 담았지만
이내 그 풍선의 줄을
놓쳐버리고 말았습니다.

늘 봄이 오면
그대가 입던 꽃무늬 원피스를

이제는 더 이상 볼 수 없습니다.
그대의 웃음소리조차
듣지 못합니다.

이렇게 이번 봄은 여름을 만나
나뭇가지에 산산이 흩어진
내 마음을 걸어두게 합니다.
―「부서진 마음」부분

그 공원 나무의 신록은
매해 여름이면 푸르른데
우리는 더 이상 그 푸름을
함께 볼 수 없습니다.

계절은 또다시 돌아왔건만
그대는 돌아오지 않았고
만져볼 수 없는 그곳에
그대는 있습니다.

그대가 죽도록 그리울 때
나는 그 공원 그 길을
천천히 아주 천천히 걷습니다.

그대와 함께 이야기하며 걷던
그 공원 능소화가 서럽게 피어 있는

그 길을 걷습니다.

—「그 공원 그 길」 부분

『그리움을 그리다』에는 손가락 관련 시가 두 편 실렸다. 그 하나가 「기다림의 슬픔 1」이고 또 다른 하나가 「그대 새끼손가락」이다. 전자는 "내 눈이 멀고 내 마음에 멍이 들 것" 같은 '그리움'의 짙은 붉은색 아픔을 손가락 베어 동동 감아 맨 광목천으로 배어 나오던 "선홍색 그 핏빛"에 비유했다. 상처의 치유자가 되어준 어머니에 대한 그리움에, '지금 여기'에서 쓸쓸한 상처를 덧내는 슬픔의 대상 '그대'에 대한 그리움이 더해진 모습을 드러낸다. 이에 비한다면, 후자는 아팠던 흔적이 분명한 "그대의 새끼손가락"을 침통하게 기억하고 환기하는 모습이 역력하다. '그대'가 이제 잃어버린 존재, 잊혀진 존재라는 상황임을 감안하면, 상처 났던 새끼손가락의 주인공은 어머니의 형상을 갖춘, 어머니의 특징 일부를 지닌 연인일지도 모른다.

붉은 색 짙은 나리 꽃으로
그 색이 너무 진하여
내 눈이 멀고 내 마음에 멍이 들것 같이
그렇게 다시 살아 납니다.

어린 시절 손가락을 다쳐

광목 천으로 동여 매었을 때
그 천 위로 베어나왔던
선홍 색 그 핏빛처럼

그 붉은 색 꽃은
그렇게 내 마음을
그 핏빛으로 서서히 물들입니다.
                    ―「기다림의 슬픔 1」 부분

이제 그대는 이 세상에 없어
그대의 손을 잡을 수 없습니다.
그대의 새끼손가락을 만질 수 없습니다.

다만 그 아픔의 흔적이 남아 있는
그대의 새끼손가락만 기억합니다.
내 마음이 아픔으로 머물렀던
그 새끼손가락만을
                    ―「그대 새끼손가락」 부분

　이 세상의 모든 아들에게 어머니란 존재는 무한대의 사
랑을 주는 제일의 조력자이자 한편으로는 연인이기도 하
다. 아들들은 아무 조건 없는 무한대의 어머니의 사랑을
마음속 깊은 곳에 기억하며 살아간다. 아울러 남성들에게
때로는 모성을 갖춘 여성이 연인의 지위를 부여받기도 한

다. 연인으로부터 모성의 존재를 느끼며 그 연인의 특정한 부분을 어머니의 그것과 대비시켜 그려내기도 한다.

연인의 부재는 일상의 생활도 변화할 만큼 강력한 수단이 된다. 필자의 지인은 얼마 전에 상처를 했다. 그의 부인은 기러기 가족으로 인해 떨어져 생활하다가 암이 걸려 귀국하여 투병 중에 세상을 떠났다. 그래서인지 그 친구가 부인을 향해 가졌던 그리움은 보는 이로 하여금 더욱 애달프게 했다. 그런데 그가 그렇게 좋아하던 커피를 끊었다. 그 이유를 시「카페를 가지 않은 이유」에서 찾아볼 수 있다.

나는 이제 커피를
마시지 않겠습니다.

커피의 맛과 향에 실린
그대와의 추억이 그리워
커피를 마시지 않습니다.

그대는 하루 시작을
커피 한잔으로 시작합니다.

그대에게 커피란
가장 가까운 친구입니다.
그대는

그 향과 맛으로 행복해 합니다.

나는 그대에게
늘 커피처럼
해주고 싶었던 적이 있었습니다.

이제 나는
그대를 위해
아무것도 해주지 못합니다.

그래서 나는
커피를 마시지 않습니다.
더 이상
카페를 가지 않습니다.
　　　　　　　　　　—「카페를 가지 않은 이유」

　이 시에서 커피를 좋아했던 시적 화자의 연인은 바로 그의 배우자이다. 이 비극적인 타자들이 시적 화자와 거의 다시 만날 일 없는 절연과 별리의 극한 사태에 던져진 상황이 존재한다. 이렇게 해서 이들을 향한 기억과 애도가, 그리고 현실로의 초청과 환대가 삶과 죽음의 세계 양방향으로 더욱 다채롭고 세밀해져야 하는 의무가 더욱 배가되고야 말았다.
　그대 즉 그리움의 대상들을 애도하는 것은 살아있는 자,

기다리는 자, 남아 있는 자로서 우리의 책무이다. 무조건 슬퍼하는 것보다 열심히 삶을 살아주는 것만큼 적극적인 애도 행위는 없을 것이다.

4. 그대들을 그리워할 것이다

2022년 그리움의 대상은 단연 이태원 참사 희생자들일 것이다. 우리는 2022년 10월 29일 이태원 참사를 숨이 있는 한 영원히 기억할 것이다.

2022년 우리에게는 가을이 없다. 가을 추억이 없다. 슬프게도 그리움이 말라버렸다. 할로윈 축제, 그때 이태원에 사람들이 많았다. 그들은 축제방문자로 서울은 물론 지방에서도 왔다. 뿐만 아니라 한국을 사랑하는 외국 유학생들과 외국 관광객들도 오고 퇴근한 직장인들도 왔다.

그날 이태원은 누구든지 방문할 수 있는 곳이었다. 누구든 그 시간 그 장소에 있었다면 참담한 변을 당했을 것이다. 우리는 일주일 동안 별이 된 당신들을 온 마음을 다해 애도하였다. 여러분들의 영정도, 이름이 담겨 있는 위패도, 혼을 불러 위로하기 위한 향도 없는 제단에서 단지 바닥에 꽃을 놓고 무릎을 꿇고 기도하였다. "미안합니다" 이 말 한마디 이외에 다른 어떤 말도 사치스러울까 걱정하는 날이었다.

"민주주의를 가르치고 연구하는 사범대학 사회교육

과 교수로서 정말 미안합니다." 그리움으로 시작을 하는 시인으로서 나는 단지 당신을 바라보고 당신의 이름을 불러 위로하고 싶었다. 그런데 정부에서는 무엇이 두려운지 명단 공개는 물론 근조 리본 역시 아무것도 쓰이지 않은 검은 리본만 착용하라고 한다.

"그래서 더욱 미안합니다."

이렇게 야만스럽고 비상식적 정부가 탄생한 이면에는 민주주의를 연구하고 가르치는 우리 사회교육과 교수들은 물론 이 땅의 지식인 모두가 반드시 반성해야 한다고 본다. 우리 시민들이 책임은 안지고 통치질만 하려는 정부를 선출했기 때문이다.

그리움과 행복의 상관성을 쓰고 마무리 하는 글을 적는 지금 눈물이 흐르고 먹먹한 심정을 가눌 길이 없다. 내가 해 줄 수 있는 말은 단지 "여러분은 절대 놀러 가 죽은 게 아닙니다. 놀면서 국민을 지키지 않은 자들의 잘못 때문에 죽은 것입니다."이다.

여러분들은 아무런 잘못이 없다. 그 시간에 안전이 보장되지 않은 그 장소에 있었기 때문이다. 압사당할 것 같다, 빨리 출동해달라는 112 신고가 잇따랐던 사실이, 인력 보강을 요청했던 사실이 확인되었다. 그날밤, 이태원에는 국가는 존재하지 않았다는 것이 여실히 드러났다.

'주최 측이 없어서', '경찰이 있었더라도 사고는 막지못했다.' 라고 말하면서 그렇게 자백하는 그날 국가는 우리에게 없었다. 안전대책 매뉴얼 작성은 무시되었고, 통합 재난 상황경보 체계는 작동하지 않았다. 책임져야 할 사람들은 그 공간에 없었다. 처음에 사고라고 일관하다가 자신들의 잘못들이 밝혀지면서 사과를 한다. 머리를 숙이고 잘못했다고 한다.

원래 사과라는 화용적 행위는 상대가 존재했을 때, 살아 있는 자들을 상대로 할 뿐인데 말이다. 망자는 봄꽃처럼 다시 살아오지 못한다. 이제 애도의 기간이 끝났다. 교활하고 무능한 그들의 끊임없는 변명은 또 다른 고통을 가져올 것이다. 그럼에도 끝까지 우리는 참사의 원인을 찾고 책임 소재를 찾아 응단의 죄를 물어야 한다.

천공스승인지 하는 도사가 유튜브에서 "우리 아이들은 희생을 해도 이리 큰 질량으로 희생을 해야지 세계가 우릴 돌아보게 돼 있다"면서 "희생이 보람되게 하려면 이런 기회를 잘 써서 세계에 빛나는 일을 해야 된다"고 말했다. 이태원 참사 추모 분위기를 외교에 이용해야 한다는 취지로 말한 걸로 풀이된다. 해괴한 이 도사는 "누구 책임을 지우려고 들면 안 된다"고 목소리를 높이기도 했다.

뭐 이런 망칙한 도사가 존재하는지 의아스럽다. 뿐만이 아니다. 이태원 참사 기도회에서 김삼환 목사는 같은 취지의 설교를 했다. "이 아름다운 꽃들이 희생당한 아픔이 나라를 살리고 발전시키는 일, 꽃 피고 열매를 맺는 일로 나아가도록 방향을 잘 잡아 나가야 한다. 이것이 우리 모두가 다 사는 길이고, 하늘나라 가신 귀한 생명들이 바라는 길이다."라고 말이다. 정말 그럴까? 아니다. 하늘이 있고, 하느님이 있다면 이 귀한 생명들을 어떤 목적으로든 '활용'하지 않았을 것이다.

희생당한 이들은 경찰, 군인, 공무원도 아니다. 꽃처럼 나무처럼 성장해야 할 20대 청년들이다. 이들이 왜 국가를 위해 활용되어야 하고 '질량'이라는 단위로 표현되어야 하는지 이해가 안된다. 이들이 도사고, 목사인지가 의심스럽다. 종교인이라면 우리 사회의 영적 지도자임에도 정치에 휩쓸리고 권력에게 단맛스런 언사를 하니 한낱 속인과 무엇이 다를까.

이제 애도는 끝났고 시민들의 시간이 왔다. 책임을 묻고 안전사회로 가는 대책을 강구해야 한다. 이유 없이 죽어간 159개의 별들이 우리를 지켜보고 있다. 나는 언론에서 이름이 밝혀진 박율리아라는 고려인 4세의 이름만 알고 있다. 이렇게 나는 한 사람만을 알고 있다. 그래서 박율리아 양과 158분의 희생자 여러분들께 정말 죄송하다. 이유 없이 죽어간 여러분들께 정말 정말 죄송한 마음이다.

정부는 끝냈지만 나는 그리움의 시를 계속 쓰고, 우리 시민들은 다시 향을 켜고 촛불을 들어 애도할 것이다.

애도는 결코 끝나지 않았다.

애도를 이렇게 끝낼 수 없다.

그리움은 애도하는 자에게만 행복을 준다. 이 세상에 존재하는 모든 그대들에게 그리움을 바친다.*

---

* 첫번째 시집 〈그리움을 그리다〉에 대해 최현식 교수가 시평 "그리움의 빛나는 저편"을 써주었다. 이 에필로그는 그의 시평에 대한 화답의 글이다. 시인은 그리움의 빛나는 저편에는 "행복"이 있다고 감히 말하고자 한다. 다시 한번 최현식 교수께 감사함을 표명하고, 이 에필로그에 그의 글을 일부 인용했음을 밝힌다.